JOSEPH SÈVE

INSTITUTEUR

L'ÉCOLE SONNE

SONNETS

Août 1927

AVIGNON
DOMINIQUE SEGUIN, IMPRIMEUR-EDITEUR
13, Rue Bouquerie, 13

1928

JOSEPH SÈVE

INSTITUTEUR

L'ÉCOLE SONNE

SONNETS

Août 1927

AVIGNON
D. SEGUIN, IMPRIMEUR-ÉDITEUR
13, Rue Bouquerie
1928

INTRODUCTION

L'idée m'est venue de mettre en des sonnets simples, l'âme de nos petits et de nos grands enfants, J'ai essayé de la voir dans ses manifestations les plus diverses au milieu du travail et des jeux de l'école. Je ne sais si j'y suis parvenu.

Certes il y aurait autre chose à dire, mais où devais-je m'arrêter ? — Connaît-on une limite et un nombre dans les incidents de la classe et de la cour ? Je me suis contenté de peu, ce peu ne devant être, à mon idée, qu'un simple écho.

Puisse cet écho, peut-être un peu faible, se faire entendre aux maîtres, aux amis de l'enfant et leur faire connaître un peu mieux ce dernier.

J. S.

A Monsieur G. Biron.

Gage de reconnaissance.

J. S.

« *Mon verre n'est pas grand, mais je bois dans mon verre* ».

ALFRED DE MUSSET.

L'ÉCOLE SONNE

TRENTE SEPTEMBRE

Mourant dans une apothéose,
Le chaud soleil que nous aimions,
Coule vers nous ses clairs rayons
Comme une averse d'onde rose.

Septembre meurt, Le soir morose,
Tout traversé de papillons,
Descend au loin sur les sillons,
Et le sommeil sur tout se pose.

Ouvrant la marche de l'Hiver,
Octobre, aux confins de l'éther,
De l'horizon pousse la porte.

Petit enfant, finis les jeux ;
Le rêve passe, éteint tes yeux ;
Ta liberté ce soir est morte.

DANS LA COUR

Bonjour, Jeannot ! Bonjour, Pierrette !
Deux mois, c'est long... et c'est bien court...
Disent les enfants dans la cour.
La grande cour, pourtant courette

Bonjour, Marcel ! Oh ! quelle tête !
Rien que cela pour un retour...!
— Hélas, dit-il, peine d'amour...
Dieu, quel amour ! Une amourette.

Ainsi bambins, grands écoliers,
Doux débutants, fiers bacheliers,
Regrettant la mer, les ravines,

Les prés, les bois, les chants d'oiseaux,
Demoiselles et damoiseaux,
Riches enfants, gamins, gamines!

PREMIÈRE CLASSE

Les murs sont blancs, la vitre claire,
Le tableau noir.... comme la nuit.
Tout est bien propre... Oh ! quel ennui !
Quel pâle jour qui nous éclaire !

Nous n'avons rien pour nous distraire
Que le travail dès aujourd'hui.
Notre âme est sombre et rien ne luit
Dans l'avenir fait de mystère.

Qu'il est pénible ce devoir !
Que je voudrais être à ce soir !
Quelle heure est-il, petites pointes ?

Pour taquiner, l'air du matin.
Riant, moqueur comme un lutin,
Glisse sous les portes mal jointes.

PLEIN TRAVAIL

Déjà huit jours, une semaine !
Le temps s'en va rapidement.
Les jours passés, à ce moment,
Ne sont plus que tâche lointaine.

Chacun travaille à perdre haleine ;
Nul besoin d'encouragement,
L'entrain a fait le changement,
Pas de repos, tout va sans peine.

Travaillons donc, petits et grands,
Il faut grandir jeunes enfants,
Il faut tourner page sur page.

Mettez le doigt sous le mot noir,
Lisez du matin jusqu'au soir,
Garçon nerveux et fille sage.

ARRIVÉE SOUS LA PLUIE

De longues flèches, de la nue,
Glissent et fondent sur le sol.
Il pleut. Sous son grand parasol,
Bravement, Lucie est venue.

Par des lacets mal retenue
Sa sandalette de « bristol »,
Carton que l'onde a rendu mol,
Traînait sa pointe dans la rue.

Lucie avance à petits pas.
Du sol son pied passe bien ras
Comme pour voir où il se pose.

Puis arrêtée, une souris,
Par un trou noir du carton gris,
Nous montre un peu son museau rose.

MAUVAISE FARCE

Sur le cahier glisse la plume.
Comme on est bien, comme il fait bon !
Le poêle chauffe et fait ron-ron,
Le bois pétille et se consume,

Un jour de vent le malin fume,
Refusant et bois et charbon...
Couvrez-vous bien, petit garçon,
Boutonnez-vous ou gare au rhume.

Il faut ouvrir vitre et rideau,
Prendre un foulard, mettre un chapeau,
La fumée âcre se dissipe.

C'est ennuyeux !... Non, c'est plaisant,
Car pour un poêle malfaisant
Toute la classe s'émancipe.

LEÇON NON SUE

— La « Nuit de Neige », à vous Maurice,
Dites les vers de Maupassant,
Répondre est fort embarrassant,
Il faut chercher un artifice.

Les longs cheveux que la main lisse
Sont le prétexte d'un instant
Pendant lequel, réfléchissant.
On trouve un malaise factice.

— « Monsieur... mes mains... toutes les deux
M'ont fait souffrir d'un mal affreux
Qui m'a levé le goût d'apprendre ».

— « J'accepte l'excuse une fois,
Peut-être deux, mais non pas trois ;
Je finirai par vous surprendre ».

LEÇON SUE

Première table : un doigt se lève,
L'œil s'illumine de plaisir,
La bouche tremble de désir...
C'est Nicolas le bon élève.

Parlant par cœur, comme en un rêve,
Il est déjà près de finir.
Sa fine voix va sans faiblir
Au point final ou tout s'achève.

Alors, tournés sur tous les bancs,
Le regard fixe, les enfants
Boivent des yeux leur camarade.

Le regardant d'un œil jaloux,
Maurice, seul, coude aux genoux,
Murmure bas d'un ton maussade.

AU TABLEAU

Pour corriger un dur problème
Henri se donne bien du mal :
Il faut, d'un bloc pyramidal
Dont on connaît un apothème,

Trouver par un long théorème
A quoi le volume est égal.
Tandis qu'un grand tableau mural
De nombreux signes se parsème,

Le bâton blanc ne chôme pas ;
En gestes lents, du haut en bas,
Pour traiter cette question grave,

Comme dirait un écolier,
Il va de la cave au grenier
Descend du grenier à la cave.

EN RETARD

On est entré quand paraît Pierre
Craintif et lent, rouge et penaud.
Il fait bien froid, mais il a chaud.
Les pieds sont tout blancs de poussière.

Il a buté contre une pierre :
Son genou saigne et son manteau
A dû tremper son coin dans l'eau
De quelque flaque ou fondrière.

Il va s'asseoir silencieux.
Des larmes perlent dans ses yeux
Honteusement fixés à terre.

Pour venir vite il a couru,
Et chacun, quand il a paru,
Lui a soufflé : « Retardataire ! »

BONNE LANGUE

Comme le fait une perruche
Jacassant toujours sans savoir,
Il parle du matin au soir
Le sot, le niais, l'âne, la cruche.

Comme un pain d'orge sur la huche :
(Il prend le dossier pour s'asseoir)
N'importe quand on peut le voir
Tout bourdonnant, vivante ruche.

Pourquoi le gronder, le punir ?
Sa langue, qu'il ne peut tenir,
Pour dire tout jamais ne tarde.

Son seul repos c'est la leçon :
Là, rien de rien, pas même un son...
Sitôt après Bavard bavarde.

OFFENSIVE

Un tube creux de porte-mine
Est obusier, mortier. canon,..
Mais quel que soit son propre nom
Cruel engin, fourbe machine,

Objet muet, arme surfine,
Fort dangereux à sa façon,
Au beau milieu d'une leçon
Il vise la tête voisine.

Très simple est son fonctionnement :
Pour s'en servir facilement
Il suffit d'un peu de pratique.

L'obus d'un pareil obusier
N'est qu'une boule de papier
Bravant les lois de balistique.

GRAIN DE BEAUTÉ

Un cou que dame Propreté,
De ses doigts blancs jamais ne grave,
(Mais... seul l'enfant sale se lave)
Possède un beau grain de beauté.

Le maître, plein de gravité,
Que le dégoût jamais n'entrave,
(Un bambin mouche, un autre bave)
Vient à s'asseoir à son côté.

N'ayant pas remarqué la veille,
A cet endroit, cette merveille
Le maître observe... en hésitant.

Mais tout à coup la tache saute...
Ayant montré la grosse faute
Le maître part... en se grattant.

SACRE

D'un vieux journal la grande page
Endure un martyre nouveau :
Froissé, rompu, sur le bureau
Le papier geint au dur pliage.

Changeant de forme à chaque outrage
Il est bicorne, il est chapeau ;
La pointe fine d'un couteau
Lui fait subir un long perçage.

Le diadème est prêt enfin.
Qui sera roi, reine ou dauphin ?
Sera-ce Paul ? Sera-ce Jeanne ?...

Campé comme au front des grisons,
Sur les volutes des frisons
Le vieux journal est bonnet d'âne.

UNE IMAGE

Les bras croisés, le cou bien droit,
On veut mériter cette image.
Quel est celui qui, le plus sage,
De la toucher aura le droit ?

Elle représente un grand roi
De qui l'on voit le doux visage,
A la gagner chacun s'engage...
Plus d'amitié, chacun pour soi.

On entend voler une mouche...
Un mouvement : le maître touche
Le fin carton d'un doigt malin...

Enfin celui qui le mérite
S'approche du bureau bien vite,
Au désespoir de son voisin

MAUVAIS MOMENT

Le maître a des airs solennels.
Des cahiers bleus de couverture
Sont dans ses mains, et d'aventure
Ce sont les cahiers mensuels.

Mais quels devoirs occasionnels
A-t-on à faire ? Est-ce écriture,
Calcul, questions sur la lecture ?
Dessins ou travaux manuels ?

L'intelligent pense et rumine,
Le paresseux fait triste mine,
Tous tremblent, pires et meilleurs.

La chance pour chacun varie ;
On couperait en deux sa vie
Pour fuir d'ici, pour être ailleurs.

COMPOSITION

C'est un spectacle intéressant
De les voir tous chercher fortune
Sur le brouillon de l'un, de l'une,
Que guette leur regard pressant.

Le « fort » est fier d'être savant,
Car le « moyen », force commune,
Rit du plus nul qui fait la lune
Sur son papier éblouissant.

Un autre cherche des étoiles
Pour diriger, navire à voiles,
Son fol esprit dans le plafond.

Un encrier fait la culbute :
L'explorateur produit la chute
Pour voir si tout n'est pas au fond.

DES HOMONYMES

Depuis longtemps Lise a des poux.
C'est, parait-il, d'intelligence
Un signe sûr. Aucune instance
N'a pu les prendre aux cheveux roux.

La demoiselle d'un air doux,
Avec une grande prudence,
Par simple acquit de conscience,
En réfrénant tout son courroux,

Lui dit encore : « Allons, Lisette
Il faut vous nettoyer la tête... »
Mais Lise alors d'un ton hargneux :

— « Et vous aussi, Mademoiselle ;
Oui, vous disiez à une telle :
« Je ne veux pas d'époux trop vieux ».

UNE VISITE

Un Monsieur grave, calme et froid,
Arrive un jour sans qu'on y pense.
Alors plus rien, profond silence...
Le Monsieur a jeté l'effroi.

Il va, revient, raide et tout droit,
Prend un cahier, frayeur immense,
L'enfant voisin bénit la chance,
Que le sien reste devant soi.

Puis s'asseyant sur une chaise
Sans se gêner, fort à son aise,
Au bureau de l'Instituteur,

Le Monsieur pense, prend des notes,
Mentionne tout : qualités, fautes,...
Ce Monsieur-là c'est l'Inspecteur.

NEIGE

A chaque branche un bout de laine ;
De Polyphème les moutons
Ont dû laisser de leurs toisons
Aux plus grands arbres de la plaine.

Mais non : la Terre devient reine
Sous son hermine de flocons.
Dans les fantasques tourbillons
Les écoliers vont avec peine.

Sitôt arrivé dans la cour
On n'a plus froid et tour à tour,
On fait sauter la pélerine,

Le cache-nez, le capuchon,
Le châle épais, le lourd manchon,
Et l'on pétrit la neige fine.

ARBRE DE NOEL

Ce soir, la classe maternelle,
Resplendissante de clarté,
Dresse un sapin de charité
Qui va se donner par parcelle.

Parmi des riens : fers blancs, vaisselle,
Nombreux dans leur diversité,
Balançant sa difformité,
Est suspendu Polichinelle.

Emerveillé, rempli d'espoir,
Chaque enfant fixe le pin noir,
Pétrifié comme le marbre.

Mais, indigné, petit Marcel
Voudrait tenir le criminel
Qui pendit le bossu dans l'arbre.

DAGOBERT

Petit bébé qui ne dit mot,
Lui qui riait tant tout à l'heure
D'abord s'est tû, maintenant pleure,
Aurait-il donc quelque « bobo » ?

En arrivant près du marmot,
Pour lui donner un petit beurre,
Par une effluve qui ne leurre
La Dame apprend... « Oh ! Oh ! le sot »

Elle l'agrippe par la manche,
Le met dehors, vers lui se penche :
« Prends le chemin de ta maison ».

Suivi d'un grand qui l'accompagne,
Comme un roi d'avant Charlemagne,
Bébé maintient son pantalon.

SORTIE

Le rang serré, calme, immobile,
Attend formé sous le préau,
Sans murmurer le moindre mot,
Qu'avance enfin son chef de file.

Parfois un long frisson fébrile
Passe sous la peau d'un marmot.
Si l'on n'avance pas bientôt
Le rang sera plus indocile.

Déjà Paul pousse étourdiment...
Par bonheur, juste à ce moment,
La longue colonne s'ébranle.

La grille est là : coups de chapeaux,
Cris, gestes, sauts dans les ruisseaux,
Les plus petits donnent le branle.

INSOUCIANCE

Marcel, petit garçon frivole,
Aujourd'hui porte son dîner ;
Il fait trop froid pour cheminer,
Il mangera donc à l'école.

Mais s'amuser voilà son rôle :
Sans davantage lésiner
Sans plus se précautionner
Il tire son sac de l'épaule.

Pendant la classe un gros matou
Vient, le visite et mange tout.
Que reste-t-il pour la dînette ?

Pris de pitié, d'autres dîneurs,
Voyant le pauvre tout en pleurs,
Lui donnent un peu d'omelette.

ÉTUDE DU SOIR

Dans la première des trois classes,
Petits et grands, ils sont massés ;
Par divers jeux tous harassés
Ils sont tranquilles à leurs places,

Les petits, comme des limaces,
Repassent des dessins tracés ;
Par des calculs embarrassés,
Les grands, rageurs, font des grimaces.

Le maître assis au grand bureau,
Voulant avoir l'air d'un bourreau,
Parcourt les bancs d'un œil farouche.

Tous le regardent en tremblant,
Plusieurs d'en rire font semblant,
Mais pas un n'ose ouvrir la bouche.

COURS D'ADULTES

Le maître attend un auditoire
De grands garçons fort tapageurs,
Pour la plupart des laboureurs.
La salle est claire et la nuit noire.

Une écriture de grimoire
Couvre les cahiers de couleurs
Qui d'inégales épaisseurs
Attendent aussi dans l'armoire.

Enfin par un, par deux, par trois,
Souvent aussi tous à la fois,
En éteignant leur cigarette,

Ils vont s'asseoir d'un même pas,
Et puis écoutent d'un air las,
D'une même oreille distraite.

UNE MAMAN

Aimé n'a pas fait son devoir,
Il sait bien qu'il est punissable.
Pour qu'une excuse soit valable
Sa mère, le maître vient voir.

« Voyez Monsieur, depuis hier soir
Aimé devient insupportable.
Il est nerveux, s'amuse à table,
Il rit, il pleure, il a le noir.

Je n'ai pas voulu qu'il travaille,
Il n'est pas vieux, vaille que vaille,
Il marche vers un but certain ».

La maman part. Aimé jubile.
Puis sans se faire de la bile
Il va jouer, gai, libertin.

LE BOUQUET

Cahin-caha l'hiver se passe.
Le froid s'en va, l'Avril coquet,
Des beaux jours ouvrant le paquet,
Monsieur Printemps reprend sa place.

Un beau matin Louis, sagace,
Portant, des champs, un frais bouquet,
Prestement lève le loquet,
Furtif se glisse dans la classe.

De la nuit triste derniers pleurs,
Des perles flambent sur les fleurs
Qu'un clair rayon vise et pénètre.

Le maître vient... Déjà sorti,
Le cœur content, le bon petit
Jette un coup d'œil par la fenêtre.

CAGE OUVERTE

Le temps est frais, l'herbe nouvelle ;
Des oiseaux vibre le concert,
Sur les sillons et le blé vert
Plane, rapide, l'hirondelle,

Elle revient à tire d'aile,
Fulgurante ainsi qu'un éclair,
Ayant au bec insecte ou ver,
Jusqu'à son nid sous la poutrelle.

La classe est sombre... Les grands yeux
Suivent son vol au sein des cieux
Bien au-delà des murs d'école.

Si le corps est ici présent,
L'esprit léger de chaque enfant
Est hirondelle qui s'envole.

INTERMÈDE

Bourdonnement !.. Un bruit d'élytres
S'élève d'un bureau du fond,
Et quelque chose monte en rond,
Puis s'en va cogner sur les vitres.

Les fronts baissés sur les pupitres,
On entend un rire fripon...
La classe est cirque : un hanneton
Doit tenir rôle de vingt pitres.

Pour découvrir le régisseur
Qui donna l'ordre au saltateur
De commencer ce gai spectacle,

Il faut sonder deça, delà,
Penser ceci, dire cela...
Profond secret, troublant oracle !

JEUNE PREMIER

« Debout, Noël, prenez la peine
De réciter le résumé.. »
Ce dernier dit... Noël charmé,
Soudain, monte une cantilène.

Comme un accord, qu'un souffle amène
D'un grand bois au regard fermé,
Quelque part un chant s'est formé...
Est-ce un accent de Melpomène ?

— Non. Sous l'effet de la chaleur,
Se réveillant de sa torpeur,
Comme sur l'arbre le plus proche,

Un « cigalon » fait prisonnier
S'est révélé fort chansonnier,
Au fond de quelque sombre poche.

RÉCRÉATION

Soudain, bonheur !... la cloche sonne.
Un éclair brille dans les yeux ;
Les livres neufs, les livres vieux
N'existent plus... la cloche sonne !

Le maître est sourd, aveugle, aphone,
Car il n'est plus pris au sérieux !
On se bouscule à qui mieux-mieux,
On pleure, on rit, on crie, on tonne.

Beaux cheveux blonds aux reflets d'or,
Nattes de jais, dans leur essor.
Se croisent en vagues légères.

Leurs ondes vont se soulevant
Sous la caresse d'un bon vent
Qui sèche les larmes amères.

AU PIQUET

Contre le mur la forte tête
Se tient debout comme un bâton :
C'est Marcelin, c'est Margoton,
Dont les cœurs sont pleins de tempête.

Haineux, tout bas, ils font causette.
Ceux-là n'entendent pas raison,
Pour eux, l'école est la maison
Où l'on ne vient que faire fête.

Mais fatigués de voir le mur,
Face à la cour, d'un regard dur,
En jalousant leurs camarades,

Ils lorgnent un maître grognon
Qui leur donna la punition.
Rire mauvais, fourbes œillades !...

CHATEAU-LAPOMPE

Groupés autour de la fontaine,
Jouant du coude, du genou,
L'un pousse l'autre comme un fou,
Le plus éloigné se démène.

L'exemple des aînés entraîne ;
Les jeunes les singent en tout,
Moins turbulents, pour boire un coup,
L'un après l'autre ils font la chaîne.

Mais trop petits, sur le bassin,
En s'aidant du pied, de la main,
Tour à tour, il faut qu'ils se hissent.

Ils lampent. Mais, du robinet,
En éventail, s'étend le jet :
Des perles d'eau les éblouissent.

LE SABLE

Les mains farfouillent dans le sable,
Creusent l'adret, comblent l'ubac !
Grotte, tunnel, écluse, lac,
Tout doit durer, mais rien n'est stable.

Gilbert, bourgeois irréprochable,
Ferme son huis à clef : » Tic-tac » ;
Lorsqu'un bandit de corde et sac
Franchit son mur inébranlable.

Dans le limon, comme des dieux,
Leurs doigts modèlent en mystère
Le premier homme issu des cieux,

— « Toi tu fais bien, moi je fais mieux... »
Dispute... Et nul ne veut se taire...
Il pleut du sable dans les yeux.

LES BILLES

Du couteau, dans un terrain mou,
Pour pouvoir y mettre une bille
En pierre, ou l'agate qui brille,
Sous le soleil, ils font un trou.

Ensuite tous sur le genou,
Sauf un debout comme une quille,
L'air soucieux, l'œil qui scintille,
Ils élaborent un grand coup.

Quand la petite sphère arrive
Au bord du trou d'arête vive,
Ce sont des cris, des ris, des sauts.

La discussion parfois s'élève...
Enfin souvent l'orage crève
Et tout finit dans des assauts.

VOLEURS — GENDARMES

Quelquefois dans un jeu plus grave
Les écoliers montrent du cœur :
Pour arrêter un faux voleur
On devient un gendarme brave.

Vite on poursuit, puis on entrave
Un assassin, un recéleur,
Un délinquant qui vous fait peur
Et comme un fou rugit et bave.

En le brutalisant un peu,
Le faux larron, le faux apache
Des mains de l'autre se détache.

Disant : « Cela n'est pas du jeu »
Le brigadier à bonne poigne
Tâte son bras et puis s'éloigne.

PETITE MAMAN

Mêlant sa natte fine et blonde
Aux noirs cheveux de son poupon,
Sur son bras, la douce Suzon
Berce la tête rose et ronde.

Mais sa cervelle si féconde
Voit un berceau dans un carton...
Voici qu'un turbulent garçon
Met un caillou dans une fronde.

Apercevant le carton blanc
Bien disposé sur le vieux banc,
Il le prend pour cible certaine.

Pendant qu'absente, la maman
Pense au poupon, le garnement
Brise l'enfant de porcelaine.

DANSEUSE

Ronde, superbe, enfin gaillarde,
Pirouettant en mille tours,
Elle néglige ses atours
La ballerine goguenarde.

Le maître du ballet la farde
Parfois de blanc sur ses contours.
Elle se heurte aux maints détours
Et puis se meurt si le coup tarde.

Le rire accompagne le bal,
(« L'enfant rit quand il fait le mal »
Hugo disait à juste titre.)

Mais parfois montant dans les airs,
La grosse toupie, à l'envers,
S'en va valser sur quelque vitre.

LA BALLE

Dans un coin calme, face au mur,
Jeanne relance, solitaire,
Contre la pierre ou bien par terre,
Son ballon bleu d'un geste sûr.

Jalouse d'un plaisir si pur,
Alice vient, autoritaire,
Dire d'un air fait de colère
Avec des poses d'âge mur :

— « Jeanne, je veux que tu me prêtes
Ton beau ballon. Si tu t'arrêtes,
Si tu fais faux, çà vient à moi. »

Elle fait peur, elle se baisse,
Prend le ballon... par maladresse
Elle le lance sur le toit.

LE RONDEAU

Petites reines, petits rois,
Cambrés, mouvants, légers, légères;
Ou bien des prés bergers, bergères,
En ronde tournent plusieurs fois.

Nymphes, satyres des grands bois,
Des lacs, étangs, fourrés, clairières,
Dans les moments crépusculaires,
Ils viennent, vont, par deux, par trois.

Mais où sont les notes lointaines
Qu'aux bords humides des fontaines
Module Pan dans ses roseaux ?

Le charme disparaît, s'achève,
Rois, bergers, nymphes, dieux de rêve
Sont des enfants dans leurs rondeaux.

INSTINCT

» Café...! Moka...! » — « Faux Marguerite ! »
Suzanne rentre et Margot sort,
La jambe fine est un ressort
Qui se détend et se tend vite.

Et tour à tour, grande ou petite,
Péniblement ou sans effort,
Saute, et la corde qui se tord
Frôle le sol que le pied quitte.

Tandis que Paul, debout, devant,
Regarde quand un faible vent
Gonfle la jupe ; et, sans qu'il bouge,

Il se demande, lui, garçon,
Quand il la fixe sans façon,
Pourquoi Margot devient si rouge.

SAUTE-MOUTON

Lancés dans leur course aérienne
Au jeu nommé « saute-mouton »,
Lourds ou légers, plomb ou coton,
Les grands s'en vont en file indienne.

Pliant selon la mode ancienne :
Coude au genou, main au menton,
Chacun figé devient « mouton »
Jusqu'à ce que son tour revienne,

C'est ainsi qu'autour de la cour,
Sur l'un sur l'autre, tour à tour,
Les grands enfants, bruyants, bondissent.

Courbaturés, les mains au dos,
Ils doivent prendre du repos
Bien avant que les jeux finissent.

TROC

Dans la main droite un bout de fer
Et possesseur dans la main gauche
D'un gros silex, brillante roche,
Jules pareil à Jupiter,

Fait jaillir du feu dans l'éther
D'un choc du métal qui ricoche.
Pendant ce temps Marc se rapproche
Intrigué par ce jeu d'enfer...

Fouillant la poche de sa veste,
Pour découvrir ce qu'il y reste,
Il trouve encor quelques bonbons.

Brièvement, sans préambules,
Et sans façon, Marc dit à Jules :
« Je donne çà, Veux-tu ? Changeons ».

RUSE

Dans ses petites mains humides
Il tient un gros et beau fruit d'or
Comme il doit s'en trouver encor
Dans le jardin des Hespérides.

Jacques et Jean, rusés, placides,
Viennent, hésitent tout d'abord,
Puis, soudain, d'un commun accord :
« A donner, si tu te décides,

« De ta pomme un morceau, Colin,
« Nous promettons, demain matin,
« De t'en apporter une cuite ».

Sortant de sa poche un couteau,
Jean, pour couper le dit morceau,
Saisit la pomme et... prend la fuite.

CANCANS

« Alors, tu sais, je lui ai dit...
« Parfaitement, dit-on, ma chère...
Comme une mauvaise commère
Marthe raconte les « on dit. »

Le bavardage a plein crédit :
Dans une oreille, en grand mystère,
Les mots menteurs, liqueur amère,
Coulent en régulier débit.

— « Ne le dis pas, je t'en supplie... »
— « Je te le jure », dit Julie
En allongeant sa blanche main.

Pour pouvoir dire quelque chose,
De tout nouveau, Julie en cause
A Catherine et à Germain.

CORTÉGE

En tête marche le drapeau.
Les pieds soulèvent la poussière,
Chaque écolier, chaque écolière
A mis peau neuve et grand chapeau.

Chacun veut paraître plus beau
Que le petit qui vient derrière ;
Tête droite et démarche altière...
Sans voir, il met son pied dans l'eau.

Mais à cet âge rien ne dure :
Bientôt s'élève un long murmure
Que rien ne pourrait retenir.

Toute maman regarde, et, digne,
A sa fille, à son fils fait signe,
Rit et sanglote de plaisir.

AVANT L'EXAMEN

Les routes au soleil sont blanches.
De juillet voici les longs jours,
La terre brûle en ses atours,
Les feuilles sèchent sur les branches.

Les classes sont comme des fours.
Du long programme plusieurs tranches
Demandent encor des retours
Dans les bouquins des vieilles planches.

Car l'examen sera bientôt,
Jamais trop tard, toujours trop tôt,
La peur augmente encor le doute.

Dieu, quelle accablante chaleur !
On sort la langue... Avec ardeur,
On bûche encor coûte que coûte.

APRÈS L'EXAMEN

Enfin finis les durs travaux,
Plus de ces maîtres qu'on écoute ;
Nous sommes au bout de la route,
Tous des amis, plus des rivaux.

Demain courant par monts, par vaux,
En oubliant la peur, le doute.
Les noirs soucis, l'effort qui coûte,
Nous formerons des jeux nouveaux.

Le lauréat, la lauréate,
Ont la sérénité béate
Des gens heureux qui font le bien.

Le paresseux, d'un air auguste,
Proclame son échec injuste,
Se croit savant et ne fait rien.

PREMIER AOUT

Majestueux, quand tout repose,
L'astre du jour, au firmament,
Monte tout doux, tout doucement
En s'appuyant sur le mont rose.

L'oiseau gazouille quelque chose
De gai, de tendre et de charmant.
Au bord du nid, étourdiment,
Mal assuré, son pied se pose.

Ouvrant son aile au souffle d'air,
Il va joyeux, ivre d'éther,
Dans l'inconnu, plein d'espérances.

Comme l'oiseau, l'enfant heureux,
Dans ce matin tout lumineux,
S'élance du seuil des vacances.

TABLE DES MATIÈRES

www.ingramcontent.com/pod-product-compliance
Ingram Content Group UK Ltd.
Pitfield, Milton Keynes, MK11 3LW, UK
UKHW022130170726
13837UKWH00003B/1479